# THE LITTLE GHOST WHO WOULDN'T GO AWAY

# EL PEQUEÑO FANTASMA QUE NO QUERIA IRSE

by
## Joseph J. Ruiz

Translated into Spanish by Juan S. Lucero
Tradución al Español por Juan S. Lucero
Illustrations by Kris Hotvedt

SUNSTONE PRESS

SANTA FE

Sunstone books may be purchased for educational, business, or sales
promotional use. For information please write: Special Markets Department,
Sunstone Press, P.O. Box 2321, Santa Fe, New Mexico 87504-2321.

FIRST EDITION

10 9 8 7 6 5 4 3 2 1

---

Library of Congress Cataloging-in-Publication Data:

Ruiz, Joseph J., 1941–
    The little ghost who wouldn't go away=El pequeño fantasma/by Joseph J. Ruiz;
translated into Spanish by Juan S. Lucero; illustrations by Kris Hotvedt.--1st ed.
        p. cm.
    Summary: A young girl in a small mountain community in northern New Mexico
wishes to see the ghost of a little boy who has been seen by many others.
    ISBN: 0-86534-303-9
    [1. Ghosts--Fiction.   2. New Mexico--Fiction.   3. Spanish language materials--
Bilingual.] I. Title: Pequeño fantasma. II. Lucero, Juan S. III. Hotvedt, Kris, 1943– ill.
IV. Title.

PZ73 .R783 2000
[Fic]--dc21                                    00-26575

---

Published by SUNSTONE PRESS
        Post Office Box 2321
        Santa Fe, NM 87504-2321 / USA
        (505) 988-4418 / *orders only* (800) 243-5644
        FAX (505) 988-1025
        **www.sunstonepress.com**

# THE LITTLE GHOST WHO WOULDN'T GO AWAY

# EL PEQUEÑO FANTASMA QUE NO QUERIA IRSE

# T E LITTLE GHOST W O WOULDN'T GO AWAY

It was a beautiful May night in the small mountain community of El Rito in northern New Mexico. The moon was full and the stars were shining bright as they only could over this enchanted land. The stillness was enough to make the most jittery person relax. The temperature was perfect this May evening.

The blossoms on the apple trees were in full bloom. Their fragrance as well as the fragrance of lilacs was in the air.

Just this afternoon Rebecca Garcia had seen one of the very first hummingbirds arrive in El Rito from the far away south where it had spent the winter.

# EL PEQUEÑO FANTASMA QUE NO QUERIA IRSE

Era una tarde bellísima de Mayo en una pequeña aldea llamada El Rito, en las montañas del norte de Nuevo México. Las estrellas y la luna llena brillaban como sólo puede suceder en esta tierra encantada. El silencio de la tardecer podría tranquilizar aun, hasta la persona más desahogada.

Los lirios despedían sus fragancias perfumadas en el ambiente igual que las flores de los manzanos que empezaban a florecer.

Esa misma tarde, Rebeca García, vió llegar uno de los primeros colibrí, acabado de regresar del sur lejano, donde pasó el invierno.

El Rito was so high in the mountains, that it was not very hot in the summer, and there was never a need for air-conditioners in homes even though most of the local residents could not to afford them anyhow. The winters, however, were cold, and when it snowed, as it did often, it left all the trees in the little town as well as the surrounding mountains, looking like white Christmas trees.

Rebecca was lying on the soft wild grass looking up into the night sky. "What are you doing," asked her little brother Ramon. "I am looking at all of the stars that are out tonight," Rebecca responded. "But they are out just about every night Rebecca. What is so special about tonight?" "Well, I wanted to come out earlier and make my usual wish. You know, like Mama has always told us to make a wish when we see the first star every night," said Rebecca as she kept staring into the night sky.

El Rito (El Ri-íto Little River ) está situado en lo alto de las montañas donde casi nunca hace mucha calor. Por lo tanto, no había necesidad de aire acondicionado en los hogares. La mayoría de los habitantes eran muy pobres y aunque lo hubieran querido, no lo hubieran podido conseguir. Los inviernos, en El Rito, eran demasiado fríos y como nevaba tanto, casi todos los inviernos, todo el pueblo se convertía en una belleza sin igual. Los pinos alrededor del pueblo, vestidos de blanco daban apariencias de pinos navideños.

Mientras miraba hacia el cielo nocturno, recostada en la yerba del campo, Rebeca oyó la voz de su hermanito. "¿Qué haces por aquí?" "Estoy mirando todas las estrellas que han aparecido en el cielo esta noche," respondió Rebeca. "¿Qué tiene de especial esta noche?" continuó Ramón. "Casi todas las noches salen las mismas estrellas." "Quería estar aquí temprano para expresar mi deseo usual, tú sabes, lo que nos ha dicho Mamá. Cuando vean la primer estrellita salir, pidan lo que quieran," respondió Rebeca mientras su vista estaba clavada en el cielo estrellado.

"What do you wish for," Ramon asked. "Ramon, you know you are not supposed to tell anyone what you wish for. It's supposed to be a secret," said Rebecca. "Well, I know what I would wish for," replied her brother. " I wish our dad could afford a new truck. That truck of ours has two more flat tires, so dad had to catch a ride with Miguel's dad to work this morning."

"¿Qué es lo que pides?" preguntó Ramón. "Ramón, ya sabes bien que no se debe revelar a nadie lo que uno desea - debe ser un secreto!" "Yo sí sé lo que pidiera," replicó su hermano. "Yo quisiera que Papá tuviera suficiente dinero para comprar una camioneta nueva." La que ahora tenemos, tiene dos llantas ponchadas. Por eso, esta mañana, Papá tuvo que pedirle al papá de Miguel que lo llevara al trabajo."

Their dad Gabriel, worked thirty miles away in the town of Española at the sawmill. Another sawmill that he had worked at for fifteen years which was closer to home had been shut down because the owner could no longer afford to fix the aging equipment.

"That's a good wish Ramon. I will also pray that your wish comes true." "See you later Rebecca," said Ramon as he headed off towards their small home down the hill. "O.K.," replied Rebecca. "I'll be down a little later."

Rebecca went back to her star gazing. "Hi Big Dipper. Hi Little Dipper," she said out loud as she made out the stars that formed those two beautiful shapes. "I am sorry, first star, wherever you are. If I had seen you I would have made the same wish that I had made before. But just in case you can hear me, let me ask you anyway. Please let the ghost of little Pedro Gomez that many have seen in the past come out so that I, too, can see him."

Gabriel, el papá de Rebeca y de Ramón, trabajaba en el pueblo de Española, unas treinta millas de lejos, en una serrería. La serrería, donde había sido empleado por quince años, fue descontinuada porque el dueño no alcanzaba a pagar por las composturas necesarias para mantener la maquinaria antigua en operación.

"¡Buen pensamiento Ramón! Voy a pedirle a Dios que te conceda lo que pides!" "¡Hasta luego!" Le dijo Ramón a Rebeca, mientras se encaminaba hacia su pequeño hogar detrás de la lomita.

Rebeca continuó mirando las estrellas que formaban dos bellas figuras y decía: "¡Hola jumate grande - hola jumatito! Perdóname, primera estrellita, dondequiera que estés. Si te fuera visto, te hubiera pedido lo que otras veces te he pedido. Sin embargo, si ahora me estás escuchando, te voy a pedir de favor que me concedas ver al fantasma de Pedrito Gómez, a quién muchos han visto en el pasado."

The ghost of little Pedro had been seen from time to time for at least twenty years. Most who had seen him since he died from falling off the side of a mountain said he seemed to be in search of something. All those who knew Pedro when he was alive, said that little Pedro was a nice little boy, even though he used to like to play tricks on people, like the time he took old man Juan's goat and tied him to the church wall, or the time that he took some watermelons from one family's patch and placed them in the middle of a cucumber patch belonging to another family. But he was a nice boy and was liked by all, which is why those who claimed to have seen his ghost did not fear him as they did the other ghosts that the elders of the community had spoken about for generations.

Many stories had been handed down from generation to generation about the evil ghosts that were lost in the world of the living.

Dentro del período de veinte años, el fantasma de Pedrito Gómez había aparecido de vez en cuando a varias personas. Los que lo habían visto después que murió, decían que parecía andar en busca de algo. Los que lo conocieron en vida, decían que Pedrito fue un buen muchachito, aunque le gustaba hacer atrocidades con la gente. Como la vez que amarró la cabra del viejo Juan en la pared de la iglesia. En otra ocasión se llevó las sandías del jardín de una familia, y las colocó en medio del jardín de pepinos de otra familia. No obstante, fue buen muchacho y todo el mundo lo quería. Por eso, los que alegaban haber visto su fantasma, no le temían como a otros fantasmas que habían mencionado los ancianitos por muchas generaciones.

Muchos cuentos habían sido trasladados de generación en generación a cercas de fantasmas malos que se encontraban vagando en el mundo de los vivientes.

These ghosts were spirits in search of something in the world of the living, said the elders. They were unable to rest until they found what it was that they were after. Those who were lucky enough to find what they were looking for were rewarded by being able to rejoin their body in their grave and rest in peace for all eternity along side of the other good people who had died .

Rebecca was curious about what little Pedro was after. She was not afraid. She wanted to help him. "Oh well," she thought. "I will keep wishing my same wish. Maybe it will come true one day."

Los ancianos decían que esos fantasmas eran espíritus que andaban en busca de algo en el mundo de los vivientes y jamás descansarían, hasta encontrar lo que buscaban. Los que tuvieron la dicha de encontrar lo que buscaban, lograron reunirse con su propio cuerpo en la sepultura. Solamente así podrían descansar en paz por toda la eternidad al lado de otros difuntos.

Rebeca quería saber lo que Pedro andaba buscando. Ella no le tenía miedo a Pedrito. Quería ayudarlo. "¡Ah, ni modo!" Se pensó a si misma. "Seguiré pidiendo lo que anhelo. Quizas algún día se me ha de conceder lo que deseo."

"Rebecca, Rebecca, where are you?" shouted her mother. "It's time for you to come in and help set the table. Your father will be home soon." "I'm coming Mama," responded Rebecca as she stood up and shook the wild grass off her dress. "Goodnight beautiful moon. Good night beautiful stars. Good night beautiful clouds. And goodnight Pedro, wherever you are. If you can hear me, let me see you soon. I want to help you if I can."

The smell of cooking greeted Rebecca as she approached the house. "Mm," said Rebecca to herself. "Mama is the best cook in the whole wide world." "Rebecca, were you on top of the hill daydreaming again?" asked her mother. "If so, my dear, you need to stop." "But why Mama, I am just curious about so many things. My teacher says that I am the most curious student that she has ever had because I ask so many questions."

"Rebeca, Rebeca, ¿Dónde estás?" Gritó su madre. "Ya es tiempo que te vengas para adentro y ayudar a poner la mesa. Ya está por llegar tu papá." "Ya vengo, Mamá," respondió Rebeca, sacudiendo la yerba de su ropa. "Buenas noches luna hermosa. Buenas noches bellas estrellitas. Buenas noches lindas nubes, y buenas noches Pedro dondequiera que tu estés. Si me estás oyendo, deja que yo te pueda ver pronto. Quiero ayudarte!"

Alcanzó a oler el aroma de las guisadas de su mamá. "Mmmm," dijo Rebeca, a si misma. "Mi mamá es la mejor cocinera en el mundo entero." "¡Rebeca! ¿Has andado, otra vez, por allá en la lomita - ilusionando?" pregunta su mamá. "Si es así, deberías no hacerlo más." "¿Por qué Mamá? Tengo curiosidad de muchas cosas. Además, mí maestra ha dicho que yo soy la estudianta con más curiosidad que ella jamás ha visto porque le hago muchas prequntas."

"Papa's home," said Ramon as he heard the sound of a truck stopping in front of their home and the door of the truck being shut. "Something sure smells good," said Gabriel as he hugged his wife Gloria and his two children. "I'm so hungry, I could eat a horse." "Sit down, my dear. Rebecca, serve your father first," said her mother.

"Ya llegó Papá," dijo Ramón, al oír cerrarse la puerta y el zumbido de una camioneta acabada de llegar al frente de su casa. "Algo huele tan bueno," dijo Gabriel, mientras da un abrazo a su esposa Gloria y a sus hijos. "Tengo tanto hambre que podría comerme a un caballo." "Siéntate mi amor," le dijo Gloria. "Rebeca, sirve a tu padre primero."

"Tell me, honey, how was your day?" As her papa started replying to his wife's question, Rebecca's mind started wandering. Staring at the window, she suddenly sat up and said, **"LOOK,"** as she pointed to the window.

Gloria, Gabriel and Ramon all glanced at the window. "Did you see that?" asked Rebecca. "See what?" responded her father. "I just saw a light in the window, it was like a candle," she responded.

"Rebecca, I just don't know what we are going to do about your imagination," said her mother. "No, Mama, really. I saw a light in the window. Then it just disappeared," said the frightened Rebecca." "Eat your supper," said her papa. "If you see that strange light again, let me know."

After supper, Rebecca washed the dishes as she looked at the window to see if the light would re-appear. "It couldn't just be imagination," she thought. "It was just too real." After helping her younger brother with his homework, she did hers, then got ready for bed.

"Platícame, mi amor, ¿cómo te fue hoy?" En cuanto empezaba a dar respuesta a las preguntas de su esposa, la mente de Rebeca comenzaba a extraviarse con su vista clavada en la ventana. De repente, se sentó firme apuntando el dedo a la ventana diciendo: **"¡Miren!"**

Todos voltearon hacia la ventana. "¿Vieron eso?" preguntó Rebeca. "¿Qué?" Respondió su Papá. "La luz en la ventana, como de una vela encendida," respondió Rebeca.

"Rebeca, yo no sé que vamos hacer con tu imaginación," Le dice su mamá. "De veras que sí ví una luz en la ventana mamá, y luego desapareció," replicó Rebeca asustada. "Anda, come tu comida," le dice su padre. "Si miras esa luz, otra vez, déjame saber."

Acabada ya la cena; mientras lavaba los trastes, miraba por la ventana para ver si aparecía de nuevo, la luz. Rebeca pensaba entre si misma: "No puede ser mi imaginación, todo es muy real." Después que ayudó a su hermanito con la tarea e hizo su propia tarea se fue a preparar para acostarse.

"Say your prayers," said their father. "Goodnight Mama. Goodnight Papa. Goodnight Ramon," said Rebecca. She heard her father and mother reply, "Goodnight children, and may God bless you and this family." "Yes," thought Rebecca, "and may God bless little Pedro, wherever he is."

*   *   *

With only a few weeks to go before the end of the school year was out it was study time for the final tests. "I sure hope we pass to the next grade," Rebecca told her best friend Lisa as they walked to school which was about half of a mile from her house. "Don't worry Rebecca," said Lisa. "Our grades will be  good, and don't forget that our teacher Mrs. Romero told us that we were her best students." Rebecca then told Lisa about what she had seen the previous night. Lisa assured her that her imagination was just playing tricks on her.

"No olviden sus oraciones," dice su papá. "Buenas noches Mamá. Buenas noches Papá. Buenas noches Ramón." "Buenas noches hijitos," dijo su papá, y que Dios bendiga a ustedes y a esta familia." En su mente Rebeca decía: "Que Dios bendiga a Pedrito también, dondequiera que él esté." "Buenas noches," dijo Ramón, y se acostaron todos a dormir.

*  *  *

Solamente faltaban unas cuantas semanas antes que se terminara el año escolar. Era tiempo de preparación para los exámenes finales. "Ojalá avance yo, al próximo grado," le dice Rebeca a su amiga Lisa, mientras caminaban rumbo a la escuela, que se encontraba, más o menos, a una milla y media de distancia. "No tengas pena, Rebeca," responde Lisa. "Tenemos buenas calificaciones. ¿No recuerdas lo que nos dijo la maestra - Señora Romero? Tú y yo somos sus mejores estudiantas." Fue entonces que le contó Rebeca, a Lisa, lo que había visto la noche anterior. Lisa le aseguró que su imaginación la estaba engañando.

After school, Rebecca convinced Lisa to go with her to the local cemetery to see if they could find little Pedro Gomez' grave. "But I am afraid," said Lisa. "Don't worry," said Rebecca. "Nothing will happen to us. I just want to see where he is buried."

They started walking row by row looking at the grave markers, some nice, some not so nice. Some were homemade and some graves did not even have a marker. Many of Rebecca's and Lisa's relatives, friends, and ancestors were buried here. They continued walking and were about to give up, when all of a sudden Lisa spotted it.

Rebeca convenció a su amiga Lisa, que fuera al camposanto con ella, después que se terminara el día escolar para ver si podían encontrar el sepulcro de Pedro Gómez. "Tengo miedo," exclamó Lisa. "No tengas pena," responde Rebeca. "Nada nos puede pasar, solamente quiero ver donde está sepultado."

Entraron al camposanto. Se fueron caminando, fila por fila; mirando todos los marcadores. Algunos estaban en buenas condiciones. Otros no. Unos muy sencillos - hechos en casa. Algunas sepulturas no tenían marcadores. Muchos parientes de ambas Rebeca y Lisa, igual que amigos y antepasados fallecidos, habían sido sepultados ahí. Continuaron caminando fila por fila. Cuando ya querían dar todo por perdido, de repente Lisa alcanzó a ver la lápida sepulcral.

"Look Rebecca, look," she said as she pointed to a piece of board on top of a small hump on the ground. The board read, "Pedro Gomez, age ten, died when he fell off the mountain." A tear came to Rebecca's eye as she read those words. "How sad to die so young," she said. "Yes, I agree," said Lisa. "Now can we go?" "In a minute," replied Rebecca. "I just want to say a prayer for Pedro."

"Mira Rebeca, Mira," decía, mientras apuntaba a donde se encontraba un pedazo de madera sobre una lomita. El letrero decía: "Pedro Gómez, edad diez años, murió a consecuencias de una caída de la montaña." Mientras Rebeca leía el letrero, se le escapó una lágrima de su ojo. "Que triste será morir a una edad tan joven." "Sí, dices bien," respondió Lisa. "¿Ahora nos vamos?" "En un minuto," respondió Rebeca. "Quiero rezar una oración a favor de Pedro."

As Rebecca finished her prayer, she heard a whisper. "Rebecca," said a voice. "Did you hear that?" asked Rebecca, with a shiver. "Hear what?" replied Lisa. As they were leaving, Rebecca heard the voice call her name again. She quickly turned around. "Now tell me you didn't hear that," she said to her friend. "Rebecca, I don't know what you are talking about. Come on, let's get out of here. This place is making me nervous," Lisa replied.

Rebecca did not tell her parents or anyone else what she heard at the cemetery. She was beginning to wonder if it really was just her imagination.

A few nights later Rebecca suddenly heard the same faint voice she had heard at the cemetery. "Rebecca, Rebecca, Rebecca." A chill went down her spine and she sat straight up in bed. She rubbed her eyes to make sure she was awake. And there at her window was the same light she had seen just a few nights ago. "Maybe it is a candle or a lantern," she thought. It had a strange yellowish glow.

Cuando acabó su oración, oyó un cuchichear, "Rebeca," dijo la voz. "¿Oíste?" Preguntó Rebeca, media espantada. "¿Qué?" replicó Lisa. Otra vez volvió Rebeca a oír la voz que le llamaba. Pronto se volteó. "Ahora dime que no oíste esta vez," le dice Rebeca. "No sé qué estás hablando, Rebeca, anda vámonos de aquí. Este lugar me está poniendo nerviosa," replicó Lisa.

Rebeca no le platicó a sus padres ni a nadie lo que había oído en el camposanto. Ella pensaba que quizá todo estaba en su imaginación.

Unas cuantas noches después, Rebeca de repente oyó la misma tímida voz que había oído en el camposanto. "Rebeca, Rebeca, Rebeca." . . . Un escalofrío corrió por su espalda. Se sentó tiesa en la cama. Restregándose los ojos para asegurarse que estaba despierta. En su ventana se veía aquella misma luz que apareció varias noches atrás. "Quizá es una vela, o un farol," pensó Rebeca. Tenía un brillo amarilloso . . . muy extraño.

Rebecca pinched her arm to make sure that it was not a dream. "Ouch," she whispered so she would not wake any one. Yes, she was awake.

Then she heard the voice again, "Rebecca, Rebecca." As she was about to call for her father for help, she heard, "Rebecca, do not be afraid, it is me, Pedro Gomez."

"Ramon, is that you? If it is, you are not one bit funny," said Rebecca thinking her brother was playing a joke on her. Then Rebecca heard her brothers voice from his room, "Are you calling me?"

"I'm sorry if I woke you Ramon, I just heard something." "What's wrong," asked her father, annoyed that his sleep had been interrupted. "Papa, I just saw that same light I saw the other night and I heard a voice."

Her father got up from bed. "Rebecca, come with me," he said taking her by the hand. "I am going to show you that there is nothing outside. Your house, like every house in El Rito, is safe. We have no crime or prowlers in our little town."

Rebeca pellizcó su brazo. "Ay," se dijo en silencio para no despertar a nadie. Sí. Estaba despierta.

Entonces oyó la voz otra vez: "Rebeca, Rebeca." Cuando ya estaba por llamar a su Papá, oyó la voz que le decía: "Rebeca, no tengas miedo, soy yo, Pedro Gómez."

"¿Eres tú Ramón? Si acaso lo eres, ni pienses que estás chistoso," dijo Rebeca, pensando que su hermano estaba traveseando con ella. En ese momento oyó la voz de su hermanito, desde su cuarto: "¿Me estabas llamando?"

"Discúlpame, si te desperté Ramón. Acabo de oír algo." "¿Qué pasa?" Preguntó su papá, enfadado por que le habían interrumpido su sueño. "Papá, acabo de ver la misma luz que ví la otra noche y oí una voz."

Se levantó, su papá de la cama y tomándola de la mano, le dice: "Rebeca, ven conmigo. Te voy a demostrar que no hay nadie afuera, tu casa, igual que todas las casas en El Rito están sin peligro. Aquí, en nuestro pueblo, no hay crimen ni salteadores"

They walked around the house, and sure enough, nothing was there. "I am sorry Papa, but what about the voice?" Rebecca asked. "Well, my little angel, just what did the voice say?" asked her father. "The voice said for me not to be afraid, that it was Pedro," said Rebecca.

**"Pedro? Did you say Pedro? Did the voice say Pedro Gomez?" asked her Papa** as he walked her inside. "Yes, Papa, the voice was very weak, but he said it was Pedro Gomez," replied his daughter quietly. Suddenly the brave little girl who had been wishing to see and speak with the ghost of Pedro Gomez was afraid. "Dear Lord," she said to herself. "Please take this fear away from me."

Anduvieron alrededor de la casa y ciertamente no encontraron ninguna cosa. "Lo siento papá, pero, ¿como resolvemos eso de la voz?" "Ah, mí angelita, ¿qué fue lo que te dijo esa voz?" "Me dijo que no tuviera miedo, que era Pedro," respondió Rebeca.

**"¿Pedro?" ¿Dijiste Pedro? ¿La voz te dijo . . . Pedro Gómez?" Preguntó Papá.** "Sí Papá, la voz se oía muy débil, pero dijo que era Pedro Gómez," replicó la hija. La joven valiente, que hasta ahora solamente había deseado ver y hablar con el fantasma de Pedro Gómez, de repente, le llegó el miedo. "Dios mío." Se dijo a si misma. "Quita de mí, este miedo."

**"Gloria, wake up. Come into the kitchen,"** said Gabriel. "What is the matter," asked his wife as she came into the kitchen still half asleep. "Rebecca claims to have seen a light in the window again but this time she claims to have heard the voice of Pedro Gomez." **"Mother of God,** how is this possible? What does the ghost of Pedro want with Rebecca," asked Gloria. "I do not know," replied Gabriel. "Rebecca, tell us again exactly what happened," asked her father as Ramon appeared in the kitchen rubbing his  eyes.

**"Gloria, despierta, ven a la cocina,"** gritó Gabriel. "¿Qué está pasando?" preguntó su esposa. Mientras caminaba media dormida hacia la cocina. "Dice Rebeca, que acaba de ver una luz en la ventana, pero esta vez oyó la voz de Pedro Gómez." **"Madre de Dios."** ¿Cómo puede ser posíble? ¿Qué quiere el fantasma de Pedro con Rebeca?" Pregunta Gloria. "No sé," respondió Gabriel. "Rebeca, repite otra vez exactamente lo que sucedió." En ese momento entró Ramón a la cocina restregándose los ojos.

Once again Rebecca told them in detail what she had seen a few nights before and what had happened tonight. And she told them what she had heard in the cemetery as well as her reason for being there. She also told them of her wishes to see and talk with the ghost of Pedro.

"Well, if indeed you were awake as you said, you may have gotten the answer to your wish," said her papa. "I would suggest that you stop by the church tomorrow after school and pray for guidance. Now for heavens sake, lets all go to bed and say a prayer."

Rebeca repasó detalladamente todo lo que había visto y oído unas cuantas noches atrás. También contó lo que pasó esa noche, añadiendo lo que había oído en el camposanto, y la razón por que fue ahí. Además, platicó del deseo que tenía de ver y hablar con el fantasma de Pedro.

"Bueno, si de veras estabas despierta, como lo acabas de decír, quizá se ha concedido tu deseo," dijo el papá. "Mañana después que se terminen tus clases, te sugiero que vayas a la iglesia a rezar unas cuantas oraciones. Ahora, por amor de Dios, vayámonos todos a dormir."

The next day Gabriel told his friends at the sawmill what had happened. "It has been quite some time since anyone has reported seeing the ghost of little Pedro," he said. "It has always been a mystery to me how ghosts select someone to show themselves to, let alone speak to them," replied his friend who had given him a ride to work again because Gabriel's truck would not start that morning. "Can you imagine someone like Rebecca actually wishing to see him, wanting to help him?" asked Gabriel. "Don't forget Gabriel, ghosts are stuck in the world of the living until they find what they are looking for, so I admire Rebecca for what she is trying to do. Maybe she can help Pedro so he can finally rest in peace," answered his friend.

El día siguiente, en la serrería, Gabriel platicó a sus amigos lo que había sucedido. "Hacía mucho tiempo que alguien había reportado haber visto el fantasma de Pedrito," dijo Gabriel. "Siempre ha sido para mí algo misterioso, la manera que escogen los fantasmas para revelarse a alguien; y mucho más con quién quieren platicar," replicó su amigo. El que lo había llevado a su trabajo porque esa manaña, la camioneta no quizo arrancar. "Imagínate no más, alguien como Rebeca, querer ver y ayudarlo," dijo Gabriel. "No olvides, Gabriel, que los fantasmas están atrapados en el mundo de los vivientes hasta que encuentren lo que andan buscando, así que yo admiro a Rebeca por lo que está queriendo hacer. Quizá, ella pueda ayudar a Pedro que descanse en paz," respondió su amigo.

Back in El Rito, Rebecca did as she was told. She stopped at the church after school and prayed for guidance and asked for forgiveness if she had done something that she was not supposed to do. But as Rebecca started walking home when she heard the voice again. " Rebecca, do not be afraid." Taking a deep breath and trying to remain calm, Rebecca answered, Is that you Pedro?" Yes," the voice said. "Rebecca, I need your help. I cannot find my headstone." "Your headstone?" asked Rebecca as she looked around to find out where the voice was coming from.

Mientras tanto, por allá en El Rito, Rebeca se encontraba visitando la iglesia. Tal como se lo había mandado su padre, pidiéndole perdón a Dios si hizo mal y también que la guiase por buen camino. Ya terminada su visita a la iglesia, mientras caminaba hacia su hogar, de nuevo oyó la voz. "Rebeca, no tengas miedo." Tomando un gran suspiro y esforzándose para permanecer calmada, Rebeca le respondió, "¿Eres tu Pedro?" "Si," respondió la voz. "Rebeca, necesito tu ayuda. No he podido encontrar mi lápida sepulcral." "¿No puedes encontrar tu lápida?" le pregunta Rebeca. Mirando para todos lados, a ver de donde venía la voz.

"I have been looking for my headstone that was taken from my grave," said the voice. "Who took it," asked Rebecca. "I do not know. I have been looking for it for a long time," he replied. "Why can't I see you? Where are you? Are you really Pedro Gomez?" asked Rebecca. "Yes, I am sitting on the tree branch. I only let myself be seen by those that I trust and only after the glare of the sun is gone."

"He andado en busca de mi lápida que alguien se llevó de mi sepulcro." "¿Quién se la llevó?" "No no sé, la he buscado por mucho tiempo." "¿Por qué no te puedo ver? ¿Donde estás? ¿De veras eres Pedro Gómez?" le pregunta Rebeca. "Sí, aquí estoy sentado en el brazo del árbol. Nada más permíto que me miren aquellos a quien tengo confianza y solamente después que se quita el resplandor de la luz."

"Will you meet me tonight?" he asked "Yes, I will meet you, but where?" she asked. "Meet me on the hill by your house, where you made your wish," he replied. "You mean that you heard me make my wish?" she asked. "Yes, I heard you. I will see you again tonight. Thank you Rebecca. Thank you very much," he said.

Suddenly, Rebecca was no longer afraid of the ghost. "Should I tell my parents," she wondered. "No, I don't think I will. If I do, they may not allow me to go outside," she thought as she started home.

"¿Vienes a verme esta noche?" Le preguntó él. "Sí, yo vengo esta noche, ¿pero a dónde?" "En la lomita, cerca de tu casa donde hiciste tu petición," respondió él. "¿De veras me oíste hacer mi petición?" Preguntó ella. "Sí, te oí, esta noche te miro. Gracias, Rebeca. Muchas gracias."

De repente, Rebeca ya no temía al fantasma. "¿Le digo a mis padres lo que pasó?" se preguntó a si misma. "No, creo que no. Si les digo, quizá no me permitan salir afuera de la casa," se imaginaba mientras caminaba rumbo a su casa.

That evening Rebecca rushed through her chores and homework. She also made sure her brother had completed his studies so she could have more time to visit with the friendly ghost of Pedro Gomez. She then went quietly outside to make sure she could see the first star of the evening. As the dusk turned slowly into darkness, Rebecca spotted it in the northern sky. "Star light, star bright, the first star I see tonight. I wish I may, I wish I might, have the wish I wish tonight." She then closed her eyes tightly and said, "Please let the ghost of little Pedro appear."

Rebecca then sat down on the ground and waited, hoping that her imagination had not played a trick on her that afternoon. Suddenly she heard the voice behind her. "Rebecca, thank you for coming." Rebecca turned around and there was the ghost of Pedro Gomez. She could make out the features of a young boy within a strange yellowish glow.

Esa tarde Rebeca hizo sus tareas y sus quehaceres del hogar rápidamente. También se aseguró que su hermanito había hecho sus tareas. Así podría tener más tiempo para visitar con el fantasma amigable de Pedro Gómez. Pronto salió para afuera para poder mirar la primera estrella de la noche. Mientras la tarde se convertía despaciosamente en oscuridad, Rebeca vió la estrella en el cielo norteño. "Estrella brillante, como un Lucero, estrella luciente, que sale primero, concede esta noche lo que yo anhelo." Cerró los ojos, bien apretados, y dijo: "Por favor permite que el fantasma de Pedrito aparezca."

Sentada en el suelo esperando y rogando que su imaginación no le hiciera ilusiones, de repente oyó la voz detrás de ella "Rebeca, gracias por venir." Rebeca volteó a ver, y ahí estaba el fantasma de Pedro Gómez. Dentro del extraño resplandor podía ver el aspecto de un joven.

He was wearing blue denim pants, a red flannel shirt, and  high-top work shoes. The pants and shirt had pieces of fabric missing as though he had been in a fight and his clothes had been torn. He seemed to have some scratches on his face but he had a calmness about him that made all Rebecca's fears disappear.

Traía puestos, unos pantalones azules de denim, una camisa de flannel, color rojo y zapatos altos. Los pantalones y la camisa les faltaban pedacitos de trapo como que había pasado por una batalla y se había roto su ropa. Parecía tener rasguños en su cara, pero la calma sobre su rostro hizo desaparecer todo el miedo que Rebeca tenía.

Rebecca then asked, "Why are your clothes torn and why are you bruised?" Pedro Gomez replied, "I fell off the side of that mountain," pointing with his index finger. "That was the day I died. I was chasing a lizard and did not realize how close I was to the edge when I lost my balance. I meant no harm to the lizard. I was just playing."

Rebeca le preguntó, "¿por qué está tu ropa rota y por que estás moreteado?" Apuntando con el dedo, Pedro Gómez le respondió, "Me caí de ese barranco. Ese fue el día que fallecí. Iba corriendo detrás de un lagarto y no me di cuenta de lo cerca que estaba de la orilla del barranco y me resbalé. No traía ninguna mala intención. Nada más estaba jugando."

How is it that you are here?" asked Rebecca. "Are the spirits of all those who have died still around us?" "No," replied Pedro. "The spirits of the dead are only among the living for a short time to make sure that their friends and loved ones are alright, then they are able to rest in peace for all eternity." Rebecca then asked, "Well, how is it that you are still here?" "Some of us are not so lucky," he responded. "Some are doomed to wander the earth for all eternity because they were evil on earth, others, such as myself, cannot rest in peace until we find what we are looking for. That is why I am happy that you wanted to help me," he said.

"What can I do to help?" asked Rebecca. "I will do everything that I can." "Thank you Rebecca. I know that you will. My family and friends bought a beautiful headstone for my grave. It was made of brown granite rock and had my name chiseled into it, but shortly after they installed it, someone took it. I have been looking for it ever since." he said sadly.

"¿Cómo es que te encuentras por aquí?" le pregunta Rebeca. "¿Que los espíritus de todos los muertos nos rodean?" "Nó," replicó Pedro. "Los espíritus de los muertos están entre los vivientes nada más por un corto tiempo, para asegurarse que sus amigos y seres queridos estén bien, solamente así podrán descansar en paz por toda la eternidad." Entonces le preguntó Rebeca: "¿Cómo es que estás tú aquí?" "Algunos de nosotros no tenemos esa dicha. Algunos están condenados a vagar por el mundo por toda la eternidad porque fueron malos mientras estaban en el mundo. Otros, como yo, no podremos descansar en paz hasta que encontremos lo que buscamos. Por eso estoy contento que tu quieres ayudarme," dijo él.

"¿Qué puedo hacer yo?" preguntó Rebeca. "Haré todo lo que yo pueda." "Gracias Rebeca. Yo sé que lo harás. Mi familia y amigos compraron una lápida bellísima de piedra arenosa color café, con mi nombre entallado en ella, pero poco después que la pusieron sobre mi sepulcro, alguien se la llevó. Desde entonces, me he pasado buscándola," lo dijo con mucha tristeza.

"How can anyone be so mean to do so," said Rebecca. "But, I did see a wooden marker on your grave in the cemetery the other day," she concluded. "Yes, I know," said Pedro. "A few years ago a kind man also tried to find my headstone after I asked him to help me. He searched for a long time but could never find it, so he did a kind thing and made the wood marker for me. But I need to find the original one. Will you find it for me?"

"Of course I will," Rebecca replied, "but where should I begin to look?" "I do not know Rebecca," replied the friendly ghost.

Rebecca asked, "Can I ask for help?" "Yes," replied Pedro. "I will accept help from others. It was your wish that brought me to you."

"¿Cómo puede alguien ser tan insensato?" pregunta Rebeca. Pero, el otro día yo vi un marcadero de madera en tu sepulcro," concluyó ella. "Si," dijo Pedro. "Hace unos cuantos años atrás que un hombre bueno trató de encontrar mi lápida después que le pedí que me ayudara." "El la buscó por un largo tiempo, pero no la pudo encontrar. Así que hizo una buena obra e hizo el marcador de madera. Sin embargo, tengo que encontrar la original. ¿Podrás, tu encontrarla por mí?"

"Claro que sí," respondio Rebeca. "Pero, ¿dónde empezaré a buscar?" "Eso no lo sé, Rebeca," replicó el fantasma amigable.

Rebeca le preguntó. "¿Puedo pedír ayuda?" "Sí," replicó Pedro. "Yo aceptaré la ayuda de otros. Fue tu petición la que me trajo a tí."

"How can I get back in touch with you," asked Rebecca. "Just come back to this same spot and make your wish. I will then return." "I will start the search tomorrow," said Rebecca. "Thank you. You are very kind. I will never forget what you are doing for me. I hope to see you soon." Then Pedro vanished. Rebecca waited for a few moments wondering how to start her mission. "I will ask my mama and papa," she said to herself. "They will know what to do."

After the family finished their dinner, Rebecca told them what had taken place. Her parents and brother were shocked, but they were proud of Rebecca for showing kindness to the ghost of Pedro Gomez. After thinking for a while, Gabriel said, "tomorrow I will ask my fellow workers for advice. Gloria, you go visit with the priest and ask him for guidance. Ramon, you ask your friends for help and Rebecca, you ask your teacher and friends. We are going to ask all the people of El Rito to help Pedro find his granite headstone."

"¿Cómo podré ponerme en contacto contigo?" pregunta Rebeca. "Nada más ven a este mismo sitio. Haz la misma petición y entonces yo volveré." "Mañana mismo, voy a empezar la búsqueda," dijo Rebeca. "Gracias, eres muy buena. Jamás se me va olvidar lo que estás haciendo por mí, espero verte pronto." Entonces se desapareció. Rebeca se esperó por unos cuantos momentos pensando en la manera que iba a comenzar su misión. "Le preguntaré a mi Papá y Mamá," se decía a si misma. "Ellos sabrán que hacer."

Después que se terminó la cena, Rebeca les platicó todo lo que había pasado. Sus papás y su hermano quedaron asombrados, pero se sentían orgullosos de la bondad de Rebeca con el fantasma de Pedro Gómez. Depués de una pausa, Gabriel dijo, "Mañana voy a preguntar a mis amigos de labor por sus consejos. Gloria, haz una cita con el sacerdote para pedirle que nos guíe. Ramón, tú pídele ayuda a tus amigos. Rebeca, tú habla con tu maestra y amigas. ¡Vamos a pedirle a todo el pueblo de El Rito que ayuden a Pedro hallar su lápida!"

By the end of the next day, everyone in El Rito knew why the ghost of little Pedro Gomez had been around for so long. And they knew what they must now do. The word went out that a meeting would be held that evening at the school.

Al final del siguiente día, todo el mundo, en El Rito sabía por qué había permanecido en vista por tan largo tiempo el fantasma de Pedro Gómez. También sabían lo que debían hacer. La palabra fue esparcida que esa misma tarde se llevó acabo una junta en la escuela.

59

When everyone was assembled, the Parish priest led in prayer. "Heavenly Father, please grant us, your servants, the strength and wisdom to do Your will. Help us with our mission to assist little Pedro Gomez with his wish to join You in everlasting peace." Gabriel then stood up and told what had happened and what little ghost was seeking. "Tomorrow is Saturday," he said. "I would like to know how many of you would be willing to help in searching for Pedro's missing headstone?" Almost every hand went up, with only a few of the elderly not volunteering. "Good," said Gabriel. "Let's meet here at seven in the morning."

Cuando ya todos estaban presente, El señor cura empezó la junta con una oración.

"Padre Celestial, te pido de favor que nos concedas, a nosotros tus siervos, sabiduría y fortaleza para hacer tu santísima voluntad. Ayúdanos con nuestra misión de ayudar a Pedrito Gómez a cumplír su deseo de estar contigo en paz eterna." Entonces Gabriel se puso de pie y dio un reporte de lo que había pasado y de lo que el pequeño fantasma buscaba. "Mañana es sábado," dijo él. "Yo quiero saber . . . ¿Quiénes de ustedes quieren ayudarnos a buscar la lápida sepulcral de Pedro?" Casi todos alzaron la mano. Solamente unos cuantos ancianitos no se dieron voluntarios. "Bueno pues," dijo Gabriel. "Nos reunimos aquí mismo a las siete de la mañana."

"Gabriel," said a voice from the back of the small meeting room. "Where do we begin?" "I have thought of that," he answered. "I think it would be a good idea to meet here and then begin at the cemetery. From there, we will break  into teams. We must look everywhere, in the wooded areas, the arroyo beds, under the bridges, and even up in the mountains."

"Why don't we just take up a collection and buy a new headstone for Pedro Gomez?" asked another. Rebecca then stood up and said, "Little Pedro said that he had been searching for the headstone that his friends and family had bought him, so I think that he will not rest until that one is found." Another in the meeting room said, "But we may never find it." "I know," replied Gabriel, " but we must try."

"Gabriel," se oyó una voz desde atrás del cuarto de reunión. "¿En dónde vamos a comenzar?" "Yo lo he estado pensando," respondió él. "Creo que fuera bueno reunirnos aquí y empezar en el camposanto. Ahí, formaremos grupos pequeños. Debemos buscar por dondequiera, en los bosques, los planes de los arroyos, debajo de los puentes y aun, hasta en las montañas."

"No seria mejor, pasar una colecta y comprar un monumento nuevo para Pedro Gómez," preguntó otro. Entonces se puso Rebeca de pie y dijo, "Pedrito me dijo que él ha andado buscando la lápida que su familia y amigos le compraron, así que pienso que él no descansará hasta que esa lápida haya sido encontrada." Otro fulano que se encontraba en el cuarto de reunión dijo, "Pero, quizá jamás la vayamos a encontrar." "Comprendo," replicó Gabriel, "pero debemos hacer la lucha."

The next morning about fifty people met at the school and headed over to the cemetery, and started their search. They looked the entire day but could not find it. They agreed to search again after church services on Sunday. Again, they had no luck.

"Rebecca, I am afraid we are not going to be successful," said her father. Rebecca, feeling very sad, said that she  would try to speak with little Pedro again.

El siguiente día se reunieron en la escuela, más o menos, cincuenta personas. Todos con rumbo hacia el camposanto para empezar la busquedad. Pasaron todo el día buscando, pero no encontraron nada. Todos quedaron de acuerdo de resumir la busquedad después de la Santa Misa del domingo. Otra vez sucedió igual que el sábado. Sin ninguna suerte.

"Rebeca, creo que no nos va a valer," le dijo su papá. Sintiéndose muy triste, Rebeca dijo que iba a hablar con Pedrito otra vez.

That evening Rebecca went to the little hill behind her house and waited until the sun went down. "Little Pedro, I need to speak to you," she said. "I am here, Rebecca," said the friendly ghost. "Pedro, we have searched for two days and cannot find your headstone. Do you have any ideas who might have taken your headstone?" "I have often wondered and I cannot think of anyone. The only person who ever got angry with me was old man Juan after I took his goat one day and tied it to the church wall. I meant him no harm. It was just a joke, but he was very upset. I am not sure if he is still alive." "Yes, he is," replied Rebecca. "He is about ninety years old. I will go see him tomorrow." "Thank you Rebecca, and thank all those who have been trying to help me," said little Pedro.

"But I wonder if Carlos did," he said, thoughtfully. "Who is Carlos?" asked Rebecca. "Carlos was my only son," replied Juan. "He died many years ago when the flu epidemic was here." "I am so sorry," said Rebecca suddenly feeling for this poor man who probably missed his son and that might be the reason that he kept to himself.

"Do you think he might have taken the headstone?" asked Rebecca. "I don't know child, but I do remember him saying that he had gotten even with Pedro for me," he said." "I wish I knew for sure," said Rebecca.

Esa tarde, Rebeca se fue a la lomita detrás de su casa y esperó que se pusiera el sol. "Pedrito, necesito hablar contigo," dijo ella. "Aquí estoy, Rebeca," dijo el fantasma amigable. "Pedro, por dos días hemos andado buscando, y no hemos podido encontrar tu lápida. ¿Tienes, por casualidad, alguna idea quién podría haberse llevado tu lápida?" "Por mucho tiempo he ponderado eso pero no he podido figurar quién. La única persona que se haya enojado conmigo, fue el viejo Juan después que me llevé su cabra y la dejé atada en la pared de la iglesia. Nada más fue una travesura, pero creo que se sintió muy mal. No estoy cierto si todavía estará vivo." "Sí está," replicó Rebeca. "Ahora tiene más o menos noventa años de edad. Manaña iré a visitarle." "Gracias, Rebeca. Por favor dale gracias a todos aquellos que me están ayudando," dijo Pedrito.

Old man Juan lived two miles out of town and kept to himself. He had two nephews who looked after his needs. His real name was Juan Sandoval and had lived in the same house his entire life.

Rebecca took a deep breath as she approached the old wooden screen door to Juan's two-room house. She knocked gently on the door and waited. She knocked again in case he had not heard her. "Who is it?" asked a voice from inside. "My name is Rebecca," she replied. Old man Juan opened his door and said, "Yes my child, how can I be of assistance to such a pretty little girl." "I am in search of something very important and I was wondering if you might be able to help me," she said.

Rebecca then sat down and told old man Juan the entire story.

He listened, nodding occasionally to indicate that he understood, as a look of sadness came over his face. He then stood up and walked around his small kitchen for a few moments. Soon he came back, sat down and said, "My dear child, I remember little Pedro. I remember the time he took my goat. I had to go without my goat's milk until I got her back. I was angry but I did not have any desire to get even with him."

El Viejo Juan, vivía dos millas afuera del pueblo. El e muy solitario. Nada más tenía dos sobrinos que ayudaban con sus quehaceres. El nombre actual del viej era Juan Sandoval. El había vivido en esa misma casa pc toda su vida. Rebeca dió un suspiro al acercase a la puert. de alambre en frente de la casa de Juan. Tocó la puerta. Otra vez volvió a tocar, en caso que no había oído la primera vez "¿Quién es?" pregunta una voz desde adentro de la casa "Mi nombre es Rebeca," replicó ella. El viejo Juan le dice mientras abría la puerta: "Hija mía, en que podría yo ayudar a tan hermosa niña." "Ando buscando algo muy importante y quisiera saber si usted me podría ayudar," dijo ella.

Rebeca se sentó y le platicó todo el cuento al viejo Juan.

El la escuchaba, meneando la cabeza de vez en cuando dando en que decír que comprendía. Un semblante de tristeza cubrió su rostro. Juan se puso de pie. Dio unos cuantos pasos hacia la cocina y luego regresó. Se sentó de nuevo diciendo. "Niña querida, me recuerdo de Pedrito. Recuerdo la vez que se llevó mi cabra. Tuve que aguantar sin beber mi leche hasta que la retornó. Tuve coraje, pero nunca tuve deseo de desquitarme."

"Pero Carlos, hay no sé," dijo el. "¿Quién es Carlos?" preguntó Rebeca. "Carlos fue mi único hijo," dijo Juan. "El murió, hace mucho años pasados cuando pasó la epidemia." "Siento mucho," le dijo Rebeca. De repente sintiendo tristeza por ese pobre viejito que quizá echaba de menos a su hijo. Esa podría haber sido la razón por que vivía tan solitario.

"¿Piensa usted, que fue Carlos quién se llevó la lápida?" pregunta Rebeca. "Eso no lo sé niña, pero, sí recuerdo que me dijo que él se había desquitado con Pedro de parte mía," dijo el viejito. "Quisiera saber por cierto," le dijo Rebeca.

"Wait," said old man Juan. "If he did take it, I have an idea where it might be. I would take you myself, but my poor legs are too old to go that far." He then took a piece of paper and with a pencil drew a map showing the location of a cave that was known only to him and his son.

"Espera un tantito," le dice el viejito. "Si acaso fue él quién se la llevó, creo que tengo una idea en donde podría estar. Te llevaría, yo mismo, pero mis pobres piernas ya están muy viejas para caminar esa distancia." Tomó un trocito de papel y con un lápiz le hizo un dibujo de un mapa señalando el sitio de una cueva conocida solamente por ambos él y su hijo.

"Good luck my child. If my son did take poor little Pedro's headstone, it was my fault, and not his. His intentions were good, but the deed was bad. Please come back and tell me if you find it." "I will, Mr. Sandoval. Thank you ever so much. I will show my Papa the map you have drawn. Goodbye, and thanks again," said the elated Rebecca. "You are very welcome my dear child," answered Juan Sandoval.

Rebecca ran all the way home. She would ask her father to go with her to the hidden cave that evening.

After arriving home Rebecca told her mother and brother of what she had learned. She could hardly wait until her father arrived. "I hear Papa's truck," said Ramon. "Papa, Papa, I have to speak to you. It's very important," said Rebecca as he entered the house. She then told him about old man Juan and showed him the map.

"Buena suerte niña mía. Si mi hijo se llevó la lápida de Pedrito, fue culpa mía y no de él. Sus intenciones fueron buenas, pero el hecho fue malo. Por favor vuelve para que me dejes saber si encontraste la lápida." "Sí le dejaré saber, Señor Sandoval. Muchas gracias. Le voy a enseñar a mi papá el mapa que usted me ha dibujado. Adiós y otra vez le doy las gracias," dijo la contentísima Rebeca. "No hay de qué, mi querida niña," dijo Juan Sandoval.

Rebeca se fue corriendo todo el camino hasta llegar a su casa. Esa misma tarde le pediría a su papá que fuera con ella a la cueva escondida.

Tan pronto que llegó a su casa, Rebeca le contó, a su mamá y a su hermano, todo lo que había endagado. No se podía aguantar que llegara su papá. "Ya puedo oír la camioneta de Papá," dijo Ramón. "Papá, Papá, tengo algo que decirle a usted. Es algo muy importante," dijo Rebeca, mientras entraba Gabriel a la casa. Le contó todos los detalles de la plática con el viejito y le enseñó la mapa.

"I think I know this place, although I have never seen a cave," said Gabriel. "Can we go now Papa, " asked Rebecca. "No my little angel, it is too dark. We will have to wait until Saturday," he replied. "Saturday! that's a long time to wait," said the anxious Rebecca. "My child, I must work tomorrow and the next couple of days. My day off is Saturday. Don't worry, it will be here soon," replied her father.

As the day was dawning on Saturday, Rebecca was already up. She started a fire in the wooden stove and made coffee for her father. She took two cups into her parent's bedroom. "Wake up Papa, wake up Mama, I brought you some coffee."

"Creo que conozco ese lugar, aunque nunca he visto ninguna cueva," dijo Gabriel. "¿Podemos ir, ahora?" preguntó Rebeca. "No, mi angelita, ahora está muy oscuro. Tendremos que esperar hasta el sábado," respondió él. "¡El sábado! es muy largo tiempo para esperar," dijo Rebeca con ansia. "Niña mía, tengo que trabajar mañana y los siguientes dos días. Mi día de descanso es el sábado. No tengas pena, que pronto vendrá."

El sábado por la madrugada, Rebeca ya se había levantado. Ya había encendido fuego en la estufa de leña y había puesto café a hervir para su papá. Llevó dos copas al cuarto de dormir de sus papás. "Despierta Papá, despierta Mamá, aquí les traigo café."

"Thank you my little one," said her father. "Someone is sure anxious to go this morning," said her mother. "Yes, I know," Gabriel replied. "Three of my fellow workers will be here soon. They will go with us to help find the cave."

Soon the friends arrived, had a cup of coffee, and left in two trucks. Gabriel could not get his truck to start, so he had to leave it at home. About two hours later, they located the small canyon shown in the map. They looked around and spotted a pile of tumbleweeds against one of the canyon walls. **"Let's look there,"** said Gabriel.

"Gracias, mi pequeñita," le dice su papá. "Alguien está ansiosa para salír," dijo la mamá. "Me doy cuenta," replicó Gabriel. "Dentro de unos cuantos minutos, tres de mis compañeros de trabajo estarán aquí. Ellos van con nosotros para ayudarnos a encontrar la cueva."

A poco rato llegaron los amigos, tomaron café y luego se marcharon en dos camionetas. La camioneta de Gabriel no quiso comenzar, de manera que tuvo que dejarla en la casa. Dentro de dos horas, encontraron el cañón que aparecía en el mapa. Miraban para todos los lados y vieron una pila de cizañas sobre la pared del cañón. **"Vamos ahí,"** dijo Gabriel.

The men pushed the tumbleweeds aside, and to their amazement, there was the opening to a small cave. Gabriel lit his lantern and walked in very slowly. "Can you see anything Papa?" asked Rebecca. "Yes, my little angel," replied her father. "Old man Juan sent us to the right place. The headstone of little Pedro has been found."

Los hombres empujaron las cizañas al lado y para su gran sorpresa, ahí estaba la entrada de una pequeña cueva. Gabriel encendió su faról y muy despacio entró a la cueva. "¿Puedes mirar alguna cosa Papá?" pregunta Rebeca. "Si, mi angelita. El viejo Juan nos envió al mero lugar. La lápida de Pedrito ha sido encontrada."

"Thank you God," said the grateful Rebecca. "Thank you very much." "Come on men," said Gabriel. "Help me get it out of this cave and on to the truck." The two trucks quickly returned to the small town honking their horns. They told those standing around that the headstone had been found and for them to spread the good news. The priest came out, blessed the headstone and asked everyone to come to church the next day to give thanks and take the headstone back where it belonged.

That evening Rebecca hurried to the little hill behind her house and waited as the first star appeared. "Star light, star bright, first star I see tonight. I wish I may, I wish I might, have the wish I wish tonight." Closing her eyes, Rebecca wished that Little Pedro Gomez would now be able to rest in peace.

"Gracias a Dios," dijo Rebeca, muy agradecida. "¡Muchas gracias!" "Véngan muchachos; ayúdenme a sacarla de ésta cueva y echarla en la camioneta," dijo Gabriel. Las dos camionetas, pronto volvieron a la pequeña aldea pitando sus pitos. Avisando a todos los que se encontraban en la calle que ya habían hallado la lápida y que fueran a esparcír la noticia. El sacerdote salió a bendecir la lápida, y les dijo a todos los que ahí se encontraban, que fueran, el siguiente día, a la iglesia a dar gracias y acompañar la lápida a su debido lugar.

Esa tarde, Rebeca corrió hacia la lomita detrás de su casa, y se esperó que apareciera la primer estrella. "Estrellita brillante, estrellita luciente, la primera estrella que mire yo esta noche. Deseo que mi deseo se cumpla esta noche." Rebeca cerró los ojos y pidió que se cumpliera su deseo que el alma de Pedrito Gómez ahora podia descansar en paz.

"Rebecca," said Pedro as he appeared in front of Rebecca. "Rebecca, you have made it possible for me to finally rest after all these years. I heard what old man Juan said to you. I am not angry about what his son did. I know that he did what he thought was right. I forgive him." "I am glad to hear you say that," said Rebecca. "It is not good for anyone to stay angry. We will be placing your headstone back on your grave tomorrow."

"Yes I know," replied Pedro. " I heard what the priest said. I will be with you tomorrow although you will not be able to see me. I wish there was some way that I could repay you for what you have done for me. I am sure that you will have a good life. I wish you well." "You are very welcome," Rebecca replied. "I just wish that someone else could have found what you were looking for a long time ago." "Goodbye Rebecca, and thank you again. Please thank everyone for me."

Rebecca stood in silence for a while with tears running down her cheeks. She was happy for Pedro even though she would miss him.

"Rebeca," le habló Pedro; al aparecerse, "tú has hecho posible que al fín de tantos años yo pueda descansar. Yo oí lo que te dijo el viejito Juan, y no siento odio por lo que hizo su hijo. Yo sé que él creía que lo que hacía era el bien. Lo perdono." "Me da gusto oirte decír eso," dijo Rebeca. "El odio no es bueno. Mañana iremos a tu sepulcro a poner la lápida."

"Sí, ya lo sé," replicó Pedro. "Oí lo que dijo el sacerdote. Ahí estaré con ustedes mañana, anuque nadie me podrá ver. Quisiera que hubiera alguna manera de pagarte por todo lo que has hecho por mí. Estoy cierto que tu tendrás una buena vida. Te deseo todo de lo mejór." "Gracias," replicó Rebeca. "Yo hubiera querido que alguien otro hubiera hallado lo que buscabas más antes." "Adiós Rebeca," dijo Pedro. "Te doy las gracias otra vez. Por favor di a todos que les agradezco."

Rebeca, con lágrimas en los ojos, se quedo muy pensativa por unos cuantos momentos. Ella sentía alegría por parte de Pedro, aunque también sabía que lo iba extrañar.

The next day the church was filled to capacity. The town priest told the entire community what had happened and how Rebecca had helped the spirit of Pedro Gomez. He then asked everyone to join him in a procession to the cemetery to place the headstone on Pedro's grave. All of the residents of El Rito were proud of Rebecca for a deed well done.

El siguiente día, la iglesia estaba repleta de gente. El sacerdote se dirigió al pueblo entero. Hablando de lo que había pasado, y como Rebeca había ayudado al espíritu de Pedro Gómez. Entonces pidió a todos que le acompañaran en procesión hacia el camposanto para poner la lápida en el sepulcro de Pedro. Todos los residentes de El Rito se sentían orgullosos de Rebeca, por sus buenas obras.

The headstone was put in place by Gabriel. The priest blessed the stone and grave and the community said a prayer for Pedro to rest in peace. Rebecca said silently to herself, "Goodbye my friend. I will miss you, but I am also very happy for you."

Gabriel puso la lápida en su debido lugar. El sacerdote bendijo la piedra, y el sepulcro y todo el pueblo rezó una oración a favor de Pedro, pidiendo que descanse en paz. En silencio Rebeca decía, "adiós amigo, te voy a echar de menos, pero a la vez me siento contenta por tí."

89

As the people were leaving, Gabriel's boss from the mill came by to congratulate Rebecca. He said that he was so proud of her and her dad and that he had something to tell him. "Gabriel," he said, "I talked to the owner of the sawmill last night and told him about what you and your family have done. He too is very proud of you and wanted me to tell you that your salary is being raised immediately." Gabriel was very grateful and thanked his boss. "Hurry Rebecca," said her father. "We must tell your mama and brother about this good news."

That evening the family said grace and also prayed for Pedro. Gabriel then said, "Your mama and I have been talking about the raise in pay that I am going to get. Do you want to know what we are going to do with it?" "What Papa, what are you going to do," asked Rebecca's little brother Ramon. "Your Mama and I have decided that we need a new truck," said Gabriel. "We are all going together this weekend to buy one. What do you think about that?"

Mientras se despedía la gente, se acercó el mayordomo de la serrería, donde trabajaba Gabriel, a donde Rebeca estaba, para felicitarla. Le dijo que se sentía orgulloso de ella y de su papá y que tenía algo que decirle a Gabriel. "Gabriel, anoche hablé con el dueño de la serrería, y le platiqué lo que han hecho tú y tu familia," dijo el mayordomo. También él se siente muy contento contigo y me pidió que te comunicara que tu sueldo será aumentado desde este momento en adelante." Muy agradecido, Gabriel, le dio las gracias. "Rebeca, vámonos pronto para la casa, a dar las buenas nuevas a tu mamá y a tu hermanito."

Esa tarde, mientras que la familia decía su oración de la cena, también oraron por Pedro. Entonces dijo Gabriel, "Hemos estado platicando, tu mamá y yo, sobre el aumento de sueldo que voy a recibir. ¿Quieren saber que vamos a hacer con ese dinero?" "¿Qué, Papá? ¿Qué vamos a hacer?" preguntó Ramón. "Tu mamá y yo hemos decidido que necesitamos una camioneta nueva," dijo Gabriel. "Así que, este fin de semana iremos todos a comprarla. ¿Qué piensas de eso?"

"Rebecca, my wish came true, my wish came true, my wish came true," said the elated Ramon. "She then told her parents what Ramon had been wishing for. "Rebecca and Ramon, I want you to know that your Mama and I have the best children in the entire world. You both made wishes that were unselfish. We are very proud of you."

"Rebecca, se ha concedido mi deseo, se ha concedido mi deseo, se ha concedido mi deseo," dijo el elevado Ramón. Entonces Rebeca dijo a sus padres cual era el ruego de Ramón. "Rebeca y Ramón, quiero que sepan que su mamá y yo tenemos los mejores hijos de todo el mundo. Ambos pidieron algo sin pensar en su propio bien. Nos sentimos muy orgullosos de ustedes."

Later that evening Rebecca went outside and looked up into the sky. There was the Big Dipper and Little Dipper. She wondered if Little Pedro was up there somewhere as a new star looking down at her. "Goodbye Pedro," she said. "I will never forget you."

Esa tarde, Rebeca salió para afuera de la casa mirando hacia el cielo. Ahí estaba el jumate grande, y el jumantito. Pensaba a si misma, "Estará Pedrito ahí, como una nueva estrella cuidando sobre mí." "Adiós Pedro," dijo ella. "Nunca te olvidaré."